Leserabe
1. Lesestufe

Erhard Dietl

Willi Vampir in der Schule

Ravensburger Buchverlag

Bibliografische Information Der Deutschen Bibliothek:

Die Deutsche Bibliothek verzeichnet diese Publikation
in der Deutschen Nationalbibliografie.
Detaillierte bibliografische Daten sind im Internet
über **http://dnb.ddb.de** abrufbar.

**Die Schreibweise entspricht den Regeln
der neuen Rechtschreibung.**

3 2 04 05 06

Ravensburger Leserabe

Umschlagbild: Erhard Dietl
Umschlagkonzeption: Sabine Reddig
Redaktion: Marion Diwyak
Printed in Germany
ISBN 3-473-36035-X

www.ravensburger.de
www.leserabe.de

Inhalt

Ein Vampir im Liegestuhl

Willi Vampir wohnt
in einer Burg.

Auch eine schwarze Katze,
ein paar Ratten
und viele fette Spinnen
leben dort.

Willi ist ein Vampir,
der die Sonne gut verträgt.
Oft liegt Willi Vampir im Liegestuhl
und lässt sich die Sonne
auf sein Gesicht scheinen.

Wenn der Mond scheint,
sitzt er auf dem Dach der Burg
und träumt von Hexen und Gespenstern.

Er winkt dem Mann im Mond zu
und zählt die Sterne.
Seine Lieblingsratte sitzt dabei
immer auf seinem Kopf.

Papa Vampir will,
dass Willi in die Schule geht.
Er soll endlich etwas lernen.

„Ich will nicht in die Schule!“,
ruft Willi Vampir.
„Ich bin schlau wie ein Fuchs!
Ich kann schon bis zwanzig zählen!“

„Das reicht nicht“, meint Papa Vampir
und spannt ein schwarzes Pferd
vor seine Kutsche.

Der neue Mitschüler

So fahren sie ins Dorf zur Schule.
Papa Vampir parkt die Kutsche
zwischen den Autos.

Die Kinder sitzen alle schon
in ihren Bänken.

Frau Pilz nimmt ihre Brille ab.
Sie schaut erstaunt auf Willi Vampir.

Sein Mund ist rot wie Blut
und die Zähne sind so spitz wie Dolche.

Wenn Willi Vampir die Arme ausbreitet,
sieht er aus wie eine Fledermaus.

„Ich bin Willi Vampir“, sagt Willi Vampir.
„Ich soll hier was lernen!“
Er setzt sich neben Tom.

Willi Vampir nimmt seine Ratte
aus der Tasche
und setzt sie sich auf den Kopf.

Zwei fette Spinnen lässt er
über seinen Arm krabbeln.

Frau Pilz kreischt so laut,
dass ihr die Brille
von der Nase rutscht.

Tom und Sabine springen auf die Bänke.
Die anderen Kinder kreischen.
Allen gruselt vor den Spinnen
und der dicken Ratte.

Willi Vampir grinst
von einem Ohr zum anderen.
Dabei zeigt er seine spitzen Zähne.

Gemütlich legt Willi Vampir die Füße
auf die Bank.

Dann holt er eine Blutorange
und eine Blutwurst aus der Tasche.

„Ich bin hungrig wie ein Löwe!“, sagt er
und schlägt seine Zähne
in die Blutorange.

Da wird Frau Pilz böse und schimpft:
„So geht das aber nicht!
Gegessen wird erst später!

Und Ratten und Spinnen
haben in der Schule
wirklich nichts zu suchen!“

„Hab ich nicht gewusst!“, sagt Willi
und sieht Frau Pilz mit großen Augen an.

Er packt die Ratte, die Spinnen,
die Blutorange und die Blutwurst
wieder in seine Tasche.

Von Knoblauch und Blutegeln

„Jetzt spitzt eure Ohren!“,
sagt Frau Pilz streng.
„Heute lernen wir etwas
über Knoblauch!

Ich habe euch extra
ein paar Knoblauchzehen mitgebracht!“
Sie legt den Knoblauch auf das Pult.

Willi Vampir fällt vor Schreck
beinahe vom Stuhl.
Für einen Vampir ist Knoblauch
etwas Furchtbares.

Frau Pilz nimmt ihr dickes Buch
und liest etwas über Knoblauch vor.

Willi Vampir ist übel.
Sein Gesicht ist grün wie ein Kaktus.

Endlich ist Frau Pilz fertig.
Sie packt den Knoblauch
wieder in ihre Tasche.

Sie sagt: „Jetzt reden wir über Tiere.
Welche Tiere magst du
denn am liebsten, Willi Vampir?“

„Am liebsten mag ich Blutegel!“,
sagt Willi Vampir.
„Iiih, wie ekelig!“,
rufen die anderen Kinder.

Florian meldet sich und sagt:
„Ich mag am liebsten Hunde!"
„Bluthunde sind prima!",
ruft Willi Vampir.

„Nein, ich meine eher Pudel
und Dackel!", sagt Florian.

„Ich mag lieber Katzen!“, ruft Nina.

Frau Pilz sagt: „Zu Hause
schreibt ihr in eure Hefte
eine Geschichte über einen Blutegel,
eine Katze und einen Hund.

Jetzt nehmt Stifte und Papier heraus.
Wir malen ein Bild!“
„Was für ein Bild?“,
will Willi Vampir wissen.

„Jeder malt etwas Schönes,
etwas fürs Herz!“, erklärt Frau Pilz.

Tom malt eine Sonne
und einen prächtigen Apfelbaum.

Sabine malt einen süßen Hund.
Laura malt ein Skateboard
und einen Luftballon.

Willi Vampir malt einen Totenkopf,
ein gruseliges Grab
und eine Pfütze voll Blut.

Zwanzig Vampirgebisse

Dann läutet die Glocke zur Pause.
Endlich darf Willi Vampir
seine Blutorange
und die Blutwurst essen.

Alle Kinder drängeln sich
um ihren neuen Mitschüler.

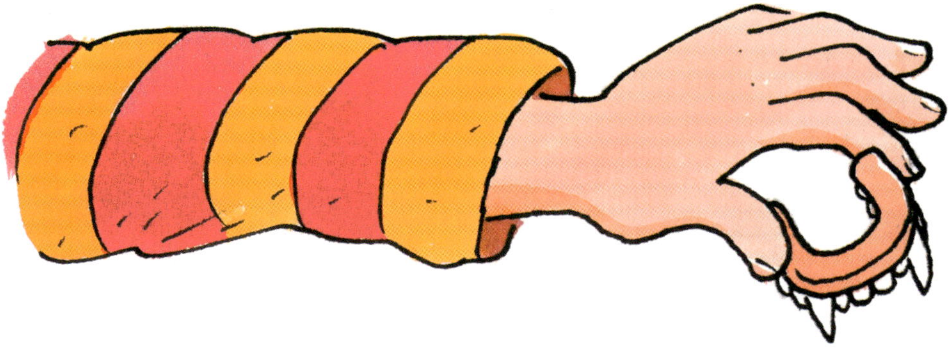

Da holt Willi Vampir ein Vampirgebiss
aus seiner Tasche.

„Schenkst du mir das?“, fragt Florian
und steckt sich das Vampirgebiss
gleich in den Mund.

„Huuh! Ich sauge dich aus!“,
ruft Florian und will Sabine
in den Hals beißen.

„Hilfe, ein Monster!“,
ruft Sabine erschrocken.
Die anderen Kinder lachen.

Dann leert Willi Vampir den Inhalt seiner Tasche auf den Tisch.

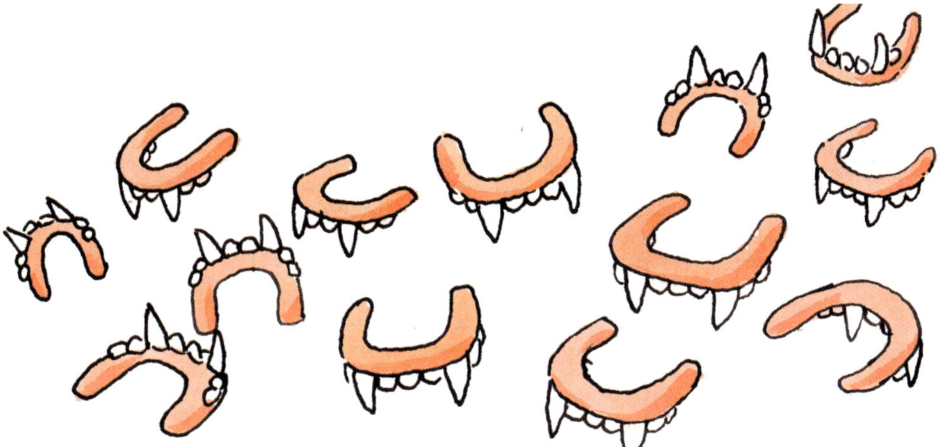

Zwanzig Vampirgebisse fallen heraus. Die Kinder sind begeistert.

Mit zwanzig Vampirgebissen wollen sie nach der Pause Frau Pilz erschrecken.

„Die wird Augen machen!“, meint Sabine. „Das wird sicher sehr lustig!“

„Also dann, macht's gut",
sagt Willi Vampir zu den Kindern,
„ich muss jetzt leider heim!"

Er breitet die Arme aus und
schwingt sich aus dem Fenster
wie eine Fledermaus.

„Komm bald wieder, Willi Vampir!“,
rufen die Kinder ihm nach.

Sie stehen am Fenster und winken,
bis Willi Vampir nicht mehr zu sehen ist.

Erhard Dietl wurde 1953 in Regensburg geboren. Er schreibt nicht nur Bücher, sondern malt und zeichnet auch selber. Hauptsächlich arbeitet er für Kinder, und weil er selbst noch ein „großes Kind“ geblieben ist, sind seine Bücher so einfühlsam und witzig. Inzwischen hat er schon über 90 Kinderbücher geschrieben, die überall auf der Welt gelesen werden. Deshalb gibt es seine Bücher auch auf Französisch, Italienisch, Spanisch und sogar Chinesisch. Für den „Leseraben“ hat Erhard Dietl neben „Willi Vampir in der Schule“ unter anderem die „Ätze“-Bände und „Ein Monster im Klassenzimmer“ illustriert sowie „Der neue Fußball“ geschrieben. Noch mehr Informationen zu Erhard Dietl findet man unter www.erhard-dietl.de.

Leserätsel

mit dem Leseraben

Super, du hast das ganze Buch geschafft!
Hast du die Geschichte ganz genau gelesen?
Der Leserabe hat sich ein paar spannende
Rätsel für echte Lese-Detektive ausgedacht.
Mal sehen, ob du die Fragen beantworten kannst.
Wenn nicht, lies einfach noch mal
auf den Seiten nach. Wenn du die richtigen
Antwortbuchstaben in die Kästchen auf Seite 42
eingesetzt hast, bekommst du das Lösungswort.

Fragen zur Geschichte

1. Wo lebt Willi Vampir? (Seite 4)

B: In einer Burg.

L: In einem alten Schulhaus im Dorf.

2. Wie kommt Willi Vampir zur Schule? (Seite 9/10)

Z: Mit dem Auto.

U: Mit der Kutsche.

3. Welche Tiere nimmt Willi Vampir in die Schule mit? (Seite 14)

T: Eine Ratte und zwei Spinnen.

B: Eine Fledermaus.

4. Was ist auf Willi Vampirs Bild? (Seite 31)

A: Ein Apfelbaum, ein Hund und ein Skateboard.

E: Ein Totenkopf, ein Grab und eine Pfütze voll Blut.

5. Wie kommt Willi Vampir nach Hause? (Seite 37)

L: Er fliegt nach Hause.

N: Er fährt mit der Kutsche.

Lösungswort:

1	L	2	3	4	G	E	5

Rabenpost

Super, alles richtig gemacht! Jetzt wird es Zeit
für die RABENPOST.
Schicke dem LESERABEN einfach eine Karte
mit dem richtigen Lösungswort. Oder schreib eine
E-Mail. Wir verlosen jeden Monat 10 Buchpakete
unter den Einsendern!

An den LESERABEN
RABENPOST
Postfach 20 07
88 190 Ravensburg
Deutschland

leserabe@ravensburger.de
Besuch mich doch auf meiner Webseite:
www.leserabe.de